642

글쓰기 좋은 질문 642

지은이 샌프란시스코 작가집단 GROTTO
옮긴이 라이언
펴낸이 임상진
펴낸곳 (주)넥서스

초판 1쇄 발행 2013년 11월 30일
초판 18쇄 발행 2019년 11월 27일

2판 1쇄 인쇄 2022년 8월 16일
2판 1쇄 발행 2022년 8월 22일

출판신고 1992년 4월 3일 제311-2002-2호
주소 10880 경기도 파주시 지목로 5
전화 (02)330-5500 팩스 (02)330-5555
ISBN 979-11-6683-320-5 04800

출판사의 허락 없이 내용의 일부를
인용하거나 발췌하는 것을 금합니다.

가격은 뒤표지에 있습니다.
잘못 만들어진 책은 구입처에서 바꾸어 드립니다.

www.nexusbook.com

글쓰기
좋은 질문
642

샌프란시스코 작가집단 GROTTO 집필
포 브론슨 기획 | 라이언 옮김

Qrious

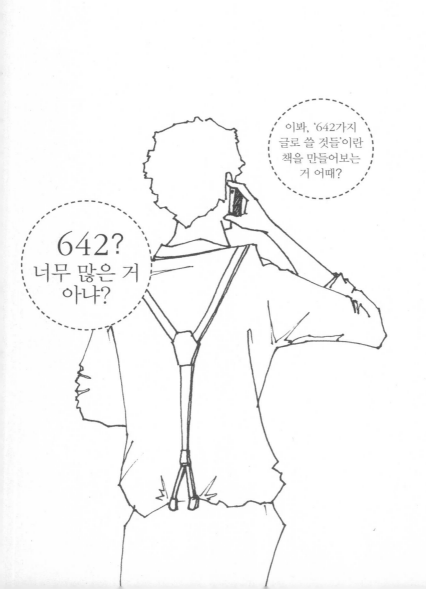

그것은 한 통의 전화에서 시작되었습니다.

그리고 하룻밤 사이에 이루어졌습니다.

화초가
죽어가고 있다.
화초에게
살아야 하는 이유를
설명하라.

당신 안에 숨어 있던 이야기를 꺼내는 질문,
당신 안에 멈춰 있던 창조성을 깨우는 질문.

여기 642개의 질문은
창조의 도시 샌프란시스코의 예술가 35명이
당신께 전하는 영감의 메시지입니다.

이 책은 하루 만에 집필되었습니다. 미리 공지를 받지도 않고 24시간 동안에 말이죠. 더구나 이것은 우리 작가들의 생각도 아니었습니다. 편집장인 친구가 뜬금없이 전화를 해서는 "642가지 글로 쓸 것들이란 책을 만들어보자"고 제안한 거죠.

제 대답은 "좋아. 그런데 정확하게 642개를 말하는 건 아니지? 그냥 많아 보이려고 642라는 숫자를 쓰는 거지? 그러니까 238개나 187개도 되는 거잖아. 642개는 좀 어려울 것 같은데…"였습니다.

"그럼 개수는 다르게 해도 되지만…" 친구는 말을 멈추더니 "나는 642개로 하고 싶어. 딱 그 숫자로"라고 했습니다.

저는 혼자서 전전긍긍하지 않기로 했습니다. 다음 날 샌프란시스코 작가집단 '그로토Grotto'에서 사무실을 같이 쓰고 있는 친구들 모두에게 이메일을 보냈죠.

그로토에는 서른다섯 명의 작가들이 있습니다. 이곳은 토끼장처럼 작은 사무실들이 미로처럼 얽혀 있기도 하고 도서관에서나 볼 수 있는 개인 열람대가 놓여 있기도 합니다. 저는 우리가 첫날 100가지 이상의 글감을 생각해낸다면 이 프로젝트를 현실화할 수 있으리라고 생각했습니다. 그래도 한 달 정도는 걸릴 거라고 생각했죠.

작가들은 자신의 생각을 이메일로 보내기 시작했습니다. 하나가 아닌 수많은 생각들을요. 한 시간 만에 100가지 아이디어를 받았습니다. 하루가 끝날 때쯤 아이디어는 500개가 되었고, 밤에도 계속 콸콸 흘러나왔습니다. 다음 날 점심, 저는 완성된 원고를 그 편집장 친구에게 전달했습니다. 그것도 직접 만나서 말이죠.

제가 이 이야기를 하는 이유는 여기에 잠재력에 관한 교훈이 있기 때문입니다. 우리는 미래가 어떻게 될지 알 수 없습니다. '그분'이 오시면 하루 만에 어떤 일을 시작할 수도 있고 그 일을 모두 끝낼 수도 있지요. 그 일이 반드시 자신만의 아이디어로 시작될 필요도 없습니다. 그냥 창의적인 마음을 가지고 뛰어들면 되는 거죠.

여러분은 이 책에 있는 질문들을 있는 그대로 글제목으로 사용해도 됩니다. 질문 하나를 정하고 그것을 완성하는 거죠. 아니면 그냥 이 642개의 생각들이 자신에게 자연스럽게 흘러들어와 창의력을 일깨워주도록 해도 됩니다. 그러는 동안 여러분은 다른 사람들이 글로 쓰거나 선택하지 않은 좋은 아이디어들이 아직 많이 있다는 것을 알게 될 것입니다. 우리가 글로 쓸 수 있는 것은 무한하며 여러분의 이야기도 정말 여러 가지로 진행될 수 있으니까요.

포 브론슨 & 샌프란시스코 작가집단 GROTTO

함께한 작가들

몰리 앤토폴   다이애나 캡
톰 바배시   코니 로이조스
나탈리 배스자일   캐트린 매
J. D. 벨트란   조던 맥케이
포 브론슨   앤 마리노
잰드라 캐슬턴   조쉬 맥휴
마리아나 체리   애실리 메리먼
크리스 콜린   데이비드 먼로
크리스 쿡   재니스 뉴먼
스티븐 엘리어트   피터 오너
아이작 피츠제럴드   캐롤라인 폴
로라 프레이저   제이슨 로버츠
수지 거하드   줄리아 시얼즈
멜라니 기드온   저스틴 샤로크
코니 해일   메건 워드
노아 홀리   이던 워터스
레이첼 하워드   매튜 자프루더
제럴드 존스

1 이 책은 소설가, 영화감독, 작가, 저널리스트, 시인, 비평가 등 다양한 분야의 예술가 35명이 공동 집필한 '글감' 642개를 묶은 책입니다.

2 따라서 이 책을 보는 데는 순서가 없습니다. 처음부터 하나씩 읽어내려가도 되고, 아무 페이지나 펼쳐보며 눈에 들어온 질문 하나를 그날의 화두로 삼아도 됩니다. 책을 보는 방법은 자유입니다.

3 답을 하는 방법도 자유입니다. 질문 하나를 글의 제목으로 삼아 긴 이야기를 쓸 수도 있고, 그저 짧은 단어 하나로 답할 수도 있습니다. 그림을 그리거나 자기만의 암호를 써넣어도 좋습니다.

4 이 책의 하단 부분은 당신을 위한 자리입니다. 당신만의 글을 채우는 창작 일지로, 언제나 들고 다니는 아이디어 노트로, 연습장으로, 낙서장으로 자유롭게 사용하십시오.

5 글은 꾸준히 쓰고, 발표하고, 공유할수록 좋아집니다. 블로그나 SNS에 연재한다 생각하고 질문에 하나씩 답해보세요. 블로그, 인스타그램 등의 SNS에서 검색하면 '글쓰기 좋은 질문'에 답하고 있는 '글친구'들을 만날 수 있습니다.

6 창작자를 꿈꾸는 분, 뭘 써야 할지 글감이 떠오르지 않는 분, 창조적인 일을 해왔지만 내 안의 샘이 마른 것처럼 느껴지는 분들에게 또 다른 문을 열어줄 것입니다.

1   1초 동안 일어날 수 있는 일

2   내가 먹어본 최악의 명절 음식

3   화초가 죽어가고 있다.
     화초에게 살아야 하는 이유를 설명하라.

4   2017년 당신의 페이스북에 상태를 업데이트해보라.

5   당신은 우주 비행사다. 당신의 완벽한 하루를 설명하라.

6   인질의 몸값을 요구하는 편지로 시작되는
     이야기를 만들어라.

7   '응', '음', '어…', '으음…'만으로 대화하는 장면을 써보라.

8   생전 처음 보는 사람에게
     사랑하는 가족의 전통에 대해서 말해보라.

12 한 여인이 채용된 지 일주일 만에 해고당하는 장면을
글로 써보라. 참고로 지금 이 여자를 해고하려는 사람은
일주일 전만 해도 그녀의 채용에 아주 적극적이었다.

13 언젠가 증손자에게 물려줄 작은 물건 하나를 고르고
왜 그걸 골랐는지 아이에게 설명하는 편지를 써라.

14 당신이 마치 책 속의 인물인 것처럼
자신의 외모와 성격을 3인칭 시점으로 묘사하라.

15   정말 갖고 싶었는데
      막상 가지고 나니 사용하지 않는 물건

16   작동법을 전혀 모를 것 같은 미래의 전자기기

17   폭풍으로 삼촌의 헛간이 부서지고 여섯 살 난 조카가
      목숨을 잃었다. 폭풍이 휩쓸기 전 하늘의 색깔을 묘사하라.

18   어린 시절 동네에 있었던 나무들의 이름을 지어라.

19 1932년 아르헨티나를 배경으로 짧은 이야기를 써보라.
단, 이야기 속에서 찻잔 하나가 중요한 역할을 해야 한다.

20 최근에 할 말이 전혀 생각나지 않았던 순간이 언제였는지
설명하라. 혹시 대화를 이끄는 게 힘들었기 때문인가?
아니면 단지 머릿속이 텅빈 것처럼 느껴졌기 때문인가?

21 과거 고등학교 시절, 지금의 당신 삶을 바꿀 수 있는 일이
생긴다면 그것은 무엇일까?

22 당신은 과거 약혼자의 결혼식에서 요리사들이 식사를 준비하는 모습을 채광창으로 내려다보고 있다.

23 서로를 증오하는 두 사람이 열두 시간 동안 엘리베이터 안에 갇혀 있다. 무슨 일이 일어날까?

24 당신이 생생하게 기억하는 다섯 가지 사건을 써보라. 그중 하나를 골라 좀더 구체적으로 설명하라.

29 당신은 방금 자존심을 구기고 자신이 하고 싶지 않은 일을 했다. 친구는 그 이유를 알고 싶어 한다. 친구의 덩치 큰 트럭을 주차할 공간을 찾으며, 당신과 친구는 만차인 주차장을 둘러보고 있다. 이 장면을 써보라.

30 '불행'이라는 요리의 레시피를 써보라.

31 친구가 전화를 해서는 당신이 어제 경찰차 안에 있는 걸 봤다고 한다. 무슨 일이 있었는가?

32   한 남자가 40층 건물에서 뛰어내렸다.
      그런데 28층을 지날 무렵 핸드폰 벨소리를 듣고
      뛰어내린 것을 후회한다. 어떻게 된 일일까?

33   당신의 인생에서 드라마틱했던 순간을 말해보라.
      이때 비밀 한 가지와
      거짓말 한 가지를 이야기에 넣어야 한다.

37 앞으로 살아갈 날이 일주일만 남았다면…

38 앞으로 발명될 메가 히트급 약은 무엇일까?
그 약으로 인해 어떤 결과가 생길까?

39 다음 문장으로 시작하는 이야기를 써라.
"조Joe가 그 일을 할 거라고는 꿈에도 생각하지 못했다."

40 당신의 인생을 10년 단위로 묶어서 노래로 표현한다면, 어떤 노래들일까?

41 당신의 가족 한 명 한 명을 한 단어로만 묘사해보라.

42 집이 불타고 있다면 무엇을 가지고 나오겠는가?

43 하고 나서 지금도 늘 후회하는 말

44   사상 최초로 굴을 먹은 남자는 어떤 생각을 했을까?

45   지금까지 먹어본 가장 맛있는 아이스크림

46   기쁨의 감정을 묘사해보라.

47   당신이 써본 적이 없는 소설이나 회고록의 리뷰를 써라.

48   가장 두려웠던 순간,
다리가 후들거리고 심장이 격렬하게 뛰며
더는 그곳에 있기조차 힘들었던 그 순간

49   당신이 기억하는 최초의 죽음과
가장 최근에 경험한 죽음의 차이

50   당신이 악당으로 등장하는 짧은 이야기를 써보라.

51   나는 그 당시 무슨 일이 일어나고 있는지 몰랐다.

52   지금으로부터 100년 후, 내가 사는 도시

53   1956년 디트로이트를 배경으로 짧은 이야기를 써보라.
단, 자동차 바닥 매트가 이야기 속에서 결정적인 역할을
해야 한다.

61 한 여인이 자신의 손자가 옆집에 살고 있을지도 모른다고
생각한다.

62 수천 명의 군중에게 연설을 하던 남자가
뻔뻔한 거짓말을 하고 있다는 게 갑자기 밝혀진다.

66 어떤 방법으로 죽을지 선택하라.

67 이것을 하고 있지 않았다면, 나는 무엇을 하고 있을까?

68 당신의 집에 가는 방법을 남들이 멍청하다고 생각할 만큼 구체적으로 써보라.

69   쓸모없는 사랑—당사자들이 계획한 것과는
전혀 맞지 않는 애정이나 인간관계

70   당신은 중간 계급 정도의 고대 그리스 신이다.
올림포스 급으로 승격되기를 학수고대하고 있다.
당신의 능력은 무엇이며,
신의 왕 제우스와 올림포스 신들의 눈에 들기 위해
그 능력을 어떻게 사용하겠는가?

71 한 사람을 선택하라. 그리고 다음 질문에 답하라.
"이 사람이 지금까지 내려야 했던 결정 중 가장 힘든 것은
무엇일까?"

72 나이트클럽에서 목걸이, 지갑, 핸드폰 등의 귀중품을
잃어버렸다는 걸 알게 되었다. 어떤 일이 벌어질까?

73 당신에게 큰 영향을 준 문화적인 사건 다섯 가지를 적고,
그중 한 가지에 대해 자신을 언급하지 말고 써보라.

78 최근 가장 힘들었던 대화에 대해 써라. 그리고, 당시에는
차마 할 수 없었던 말을 넣어 그 대화를 다시 써보라.

79 국가 하나를 선택하라.
그 국가와 우리나라가 14년간 전쟁을 하고 있다 상상하고
그곳에서 피어나는 러브스토리를 써보라.

80 근거 없는 소문으로 시작하는 이야기를 써보라.

81   다음 문장으로 시작하는 장면을 써라.
"나는 처음으로 사람을 죽였다."

82   20년 동안 만나지 않고, 말 한마디 없이 지냈던
어머니와 아들이 12월 어느 날 우체국에서 양손 가득
소포를 들고 줄 서 있다가 우연히 만났다.
그들은 서로에게 무슨 말을 할까?

83   시리얼 상자에 실릴 광고 문구를 써보라.
사람들이 시리얼의 새로운 맛에 끌려 구매할 만큼
매력적으로 써야 한다.

84   청소부로 일하는 여자

85   기다리다

86   식사를 마치고 남편과 함께 레스토랑에서 나오던 여자가
우연히 이전 애인과 마주친다. 그들은 어떤 말을
주고받을까? 혹시 할 수 없는 말은 무엇일까?
그리고 그녀의 몸짓은 어떤 의미를 전달하고 있을까?
이 장면을 써보라.

87   친구와 밖에 나가 저녁식사를 하라. 집에 돌아오자마자
친구의 관점에서 글을 쓰되, 그가 했던 말로 시작하라.

95 　한 여자 군인이 임무를 수행하기 위해 길을 떠나려 한다.
　그녀는 임무를 마치고 살아 돌아올 수 없다는 걸 알고 있다.

96 　루스벨트 대통령, 마릴린 먼로, 그리고 희대의 살인마
　잭 더 리퍼와 같은 역사적인 인물의 관점으로 글을 써보라.

97 남자의 신체 부위 중 당신이 가장 좋아하는 부분을
묘사하라. 단 동사만 사용해야 한다.

98 여자의 신체 부위 중 당신이 가장 좋아하는 부분을
묘사하라. 단 동사만 사용해야 한다.

99   세상 모든 것에는 세 가지 이유가 있다.
     다른 사람들에게 공식적으로 말하는 이유,
     스스로에게 말하는 이유,
     그리고 진짜 이유.
     이 세 가지 이유가 서로 갈등을 빚는 이야기를 써보라.

100 다음 문장으로 이야기를 시작하라. "내가 따졌을 때,
     그는 자신이 그런 말을 했다는 걸 부인했다."

101 당신은 친구와 점심을 먹고 있다. 식사 중에 친구가
전화를 받는다. 친구가 통화하며 말하는 것만 써보라.

102 당신의 나쁜 습관 하나를 설명해보라.
그것을 하면서 왜 비밀스럽게 희열을 느끼는지 설명하라.

103 어른들이 화를 낼 때 자신을 안정시키기 위해
어떤 행동을 반복하는 아이가 있다. 그 아이는 어떤 행동을
할까? 그리고 왜 그런 행동을 하게 된 것일까?

108   어쩔 수 없이 일주일간 당신의 침실을 써야만 하는 사람이
바라본 침실의 모습

109   당신은 사립탐정이다.
바람을 피우는 어떤 남편의 뒷조사를 한 달 동안
하고 있다. 의뢰인인 그 남편의 부인에게
지금까지 조사한 것을 알려주는 보고서를 작성해보라.
참고로 그녀는 지금 정서적으로 불안한 상태이다.

110   당신은 방금 길가에서 깨어났다.
옆에는 자전거가 쓰러져 있고 지갑도 없다. 무슨 일이
있었는지 기억도 나지 않는다. 앞으로 무슨 일이 벌어질까?

111   당신의 책상은 밤에 무슨 생각을 할까?

112   당신과 같은 학년이지만, 잘 모르는 아이 하나가 어느 날
불쑥 집에 찾아와 긴히 할 이야기가 있다고 한다.
그 아이는 어떻게 생겼나? 그리고 어떤 얘기를 할까?

---

117 당신이 작품으로 절대 쓰고 싶지 않은 허구의 인물을
    떠올려보라. 이제 그 인물에 대해 구체적으로 묘사해보자.
    이때 당신의 관심을 끌 만한 어떤 요소도 넣어선 안 된다.

118 배우가 개인적으로 모멸감을 느낄 무대 지시사항을 써보라.

119 당신이 인생에 대해 배운 것을 생판 모르는 사람에게
    구체적으로 설명하는 편지를 써라.
    편지를 쓸 때 당신이 누구인지는 밝히지 않아야 한다.

120 남들이 당신을 인종차별주의자라고 생각할까봐
처음으로 걱정했던 순간

121 당신을 가장 잘 설명할 수 있는 물건 하나를 떠올려보라.
이제 그 물건을 묘사하라.

122 당신이 그 과일을 좋아하는 이유를
논리적으로 설명하라.

127 무언가에 불을 질러라.

128 고향을 생각하면 가장 많이 머릿속에 떠오르는
어린 시절의 장소나 물건은 무엇인가?

129 당신의 집에 있는 방 하나를 묘사해보라.

134   당신이 누군가를 살해한 꿈을 꾸었다.
당신이 누군가를 살해한 꿈을 꾸었다.
누구를 죽였나?
어떻게 그리고 왜 살인이 일어나게 되었나?
그 후 어떤 일이 벌어지는가?

135   10년 동안 만나지 못했던 옛 친구를 지금으로부터
10년 뒤에 만나게 된다.
친구와 만나서 나누는 대화를 써보라.

136 살면서 가장 질투를 느낀 사람

137 당신은 연쇄 살인마다.
어떤 TV 프로그램을 다시보기로 시청하는가?
그 이유는 무엇인가?

138 내게 가장 수치스러운 것 한 가지

143 내가 알고 있는 내 모습과 사람들이 알고 있는 내 모습

144 지금까지 쓴 것 중 성의 없이 쓴 부분을 하나 찾아보라.
그리고 그 부분을 하나의 긴 문장으로 다시 써보라.
문장을 계속해서 길게 확장시켜야 한다.
문장이 질질 늘어지는 건 걱정하지 말고 그냥 써내려가라.

145   서로에게 무언가를 원하는 두 인물을 한 방에 넣어라.
이들은 원하는 것을 대놓고 직접 요구할 수는 없다.
이들에게 5분을 주고,
오직 대화만으로 원하는 걸 얻을 수 있도록 해보라.

146   당신이 만든 가상의 인물을 위해 기도문 두 개를 작성하라.
하나는 그 사람이 혼자 있을 때 하는 기도문이고,
또 하나는 공적인 자리에서 사용하는 기도문이다.

147 귀신이 되어 당신을 쫓아다니는 사람, 당신을 아주
좋아하는 사람, 당신이 이해할 수 없는 사람. 이 셋의 이름을
쓰고, 세 명이 모두 등장하는 장면 하나를 써라.

148 당신은 이국땅에서 길을 잃었다. 누구와도 말이 통하지
않는다. 이런 상황을 어떻게 대처하겠는가?
그리고 어떻게 길을 찾을 것인가?

149 악한 행동을 일삼는 인물이 등장하는 장면을 구상하라.

157   다음 문장으로 이야기를 시작해보라.
"이것은 그녀가 세상에서 제일 원하는 것이다."

158   위의 내용 바로 뒤에 다음의 문장을 붙이고 이야기를
완성하라. "그녀는 거짓말을 하고 있다.
이것이 바로 그녀가 세상에서 제일 원하는 것이다."

159   연령대가 다른 세 사람이 보지 말아야 할 것을 보고 있다.
이 중 한 명은 당신일 수도 있다.

160 당신이 아직 읽지 않은 짧은 이야기를 하나 찾아서
3분의 2정도만 읽어라.
거기서부터 이야기의 결말을 직접 써보라.

161 세계지도나 지구본을 가져와서 눈을 감고 손가락으로
한 곳을 찍어라.
그곳에 생전 처음 가본 사람에 대한 글을 써라.

162 다음 문장을 마무리하라.
"내가 항상 하고 싶었던 말은…"

163 비행기에 비치된 쇼핑 카탈로그에서 무엇을 사고 싶은가?
왜 그걸 사고 싶은가?

164 작가들이 아이디어가 떠오르지 않아 어려움을 겪는 건
어떤 느낌일까?

165 작년 이맘때 당신은 무엇을 하고 있었나?

166 기대하지 않은 선물

167 알람시계를 새벽 3시에 맞춰라.
그 시간에 일어나 맨 처음 떠오른 생각을 적어보라.

168 당신의 오랜 상상 속 친구를 소개하라.

169   주방에 있는 찬장을 열어보라.
눈에 가장 먼저 들어온 물건 세 가지로 이야기를 만들어라.

170   당신은 프랑켄슈타인이다.
당신의 이야기를 전 세계에 알려줘서 감사하다는 편지를
원작자 메리 셸리에게 써보라.

171   인생을 한 세트의 엽서에 나눠 써보라.

172 최근 당신이 우연히 만난 낯선 사람의 부고訃告를 짤막하게
써라. 그 사람과 연락을 하지 않고 지내던 자식의 시점으로
그 부고를 다시 작성하라.

173 사진 한 장을 가져오라. 그 사진의 프레임 밖에서
어떤 일이 일어나고 있는지 이야기를 써보라.

174 당신에게 일어난 중대한 사건 하나를 떠올려보라.
그 사건이 있기 바로 전에 어떤 일이 있었는가?

175　예기치 못한 상황에서 누군가가 당신 혹은
당신이 창조한 인물을 찾아왔다. 이 상황을 써보라.

176　2150년의 역사학자들에게 쇼핑몰이 어떤 곳인지
설명하라. 2150년에는 쇼핑몰이라는 것이 없을 수도 있다.
에스컬레이터, 푸드코트, 현금도 물론 없을지 모른다.

177   다음의 문장으로 시작하는 편지를 써라.
"이 이야기를 너에게 하는 이유는
네가 유일하게 나를 판단하지 않을 사람이기 때문이야."

178   주변에 들리는 세 가지 대화의 일부분을 각각 적어라.
그 세 부분을 활용해 새로운 대화 하나를 만들어라.
그리고 그 대화로 시작하는 이야기를 써라.

179 '소음과 분노가 가득하지만, 모든 게 부질없이 느껴지는' 장면을 써보라. 역주 : 셰익스피어의 비극 『맥베스』에 나오는 유명한 대사

180 버려야 하지만 그럴 수 없는 것들

181 제자에게 추파를 던지는 교수를 묘사하라.

186   한 소년이 나무에 올라가서는 부모님이 이혼 절차를
       멈출 때까지 내려오지 않겠다고 한다. 소년의 아버지,
       어머니 각각의 관점에서 이 일에 대해 써보라.

187   낯선 사람 한 명을 찬찬히 살펴보라.
       집에 가서 그 사람의 어머니에 관한 비극적인 이야기를
       써보라.

188 현재의 관점으로 자신의 대학 입학지원서를 다시 써보라.
지원서에는 다음 질문의 대답이 있어야 한다.
"우리 대학이 당신에 대해 꼭 알아야 할 사항이 있습니까?"

189 당신의 이름을 구글에서 검색해보라.
당신의 이름과 비슷하지만, 진짜 당신에 대한 것이 아닌
검색 결과들은 무엇이 있는지 적어보라.

190　할 수만 있다면 당신의 몸 중 어디를 바꾸고 싶은지
설명해보라. 그 부분이 변하면
당신 인생이 어떻게 바뀔지도 설명하라.

191　은행에 있는데 갑자기 강도가 들었다.
당신은 인질이 되어 얼굴을 바닥에 붙이고 엎드려 있다.
당신이 있는 위치에서 이 상황을 묘사해보라.

199 이사, 구직, 연애 등 인생에서 스스로 내린 결정 하나를 생각해보라. 만일 다른 것을 선택했다면 지금의 인생은 어떻게 달라져 있을까?

200 첫 데이트 때 어떤 옷을 입었나? 그 옷은 어떻게 구했나? 그 후 옷은 어떻게 했나?

201 어머니에게 듣고 싶지 않았던 다섯 가지 말

202 고등학교 때부터 사귄 군대 간 남자친구에게
이별 편지를 써라.

203 이제 당신은 위의 이별 편지를 받게 될 남자친구다.
답장을 써라.

204   가장 최근 당신을 화나게 한 사건은 무엇인가?

205   가장 최근 당신을 웃게 한 사건은 무엇인가?

206   당신의 가장 친한 친구를 묘사하라.

211 어머니에게 절대 보여주고 싶지 않은 베드신에 대해 써라.

212 위의 베드신을 어머니에게 보여줄 수 있을 정도의 수위로 다시 써라.

213 천국을 묘사하라.

214 유엔 연설에서 쓸 스탠딩 코미디의 대본을 써보라.

219 밖으로 나가 독특한 소리를 세 가지 찾아보라.
그 소리에 대한 고정관념은 버리고
실제로 어떻게 들리는지 정확하게 묘사하라.
그리고 그 소리를 활용해 이야기를 써라.

220 다음 문장으로 끝나는 이야기를 써라.
"그리고 이 방이 바로 그 일이 있었던 곳이다."

221   지금은 2100년. 세상에 물이 부족하다.
           평범한 하루를 묘사하라.

222   당신은 넓은 들판에서 막 깨어났다.
           그런데 우주비행사 복장으로 서핑보드에 누워 있다.
           무슨 일이 있었던 걸까?

223   하나의 인물을 두 가지의 다른 나이로 상상해보라.
           그리고 그 인물의 하루를 각 나이에 따라 묘사하라.

227   'ㅅ'으로 시작하는 다음 네 개의 단어로 이야기를 만들어라.
석고상, 식욕, 상실, 수감.

228   내 인생을 바꾼 문학 작품의 주인공 관점에서
글을 써보라.

229   아이의 관점에서 본, 생생한 유년시절의 추억

230 가상의 인물을 위해 '긴급 상황시 열 가지 행동 수칙'이라는
서바이벌 가이드를 작성하라.

231 당신은 대통령 관저의 수석 셰프다.
지금 인도의 대통령을 위해 저녁 만찬을 준비하고 있다.
어떤 음식을 대접하는가? 요리는 어땠나?

236 타이타닉 호가 침몰할 당시 끝까지 배에 남아 연주했던
오케스트라의 일화는 아주 유명하다.
무도회장에서 연주하는 그 오케스트라 멤버의 관점에서
타이타닉 호가 침몰하는 장면을 묘사해보라.
멤버들 간의 관계에서부터 배가 가라앉을 때
눈에 들어오는 장면들, 들리는 소리들, 그리고 그들이
느끼는 여러 감정을 묘사하라.

237 당신은 세계 최악의 교통 체증 때문에 최소 이틀 동안 고속도로에 갇혀 있다. 도대체 무슨 일인가?

238 놀이공원으로 놀러가는 장면을 색깔과 소리, 냄새, 그리고 그날의 맛을 중심으로 묘사하라.

239 당신은 중병으로 3개월 동안 침대에만 누워 있다. 무엇이 가장 그리운가? 의사가 허락해서 밖으로 나갈 수 있다면 무엇을 제일 먼저 하겠는가?

240 결혼식장에서 신부가 신랑을 향해 걸어올 때
신랑의 머릿속에는 어떤 생각이 떠오를까?
그의 생각을 10분 동안 써보라.

241 말싸움에서 졌던 일화를 얘기해보라.

242 당신이 싫어하는 사람에게 러브레터를 써보라.

243 당신의 일생에서 단 하나의 추억만 간직할 수 있다면, 무엇일까?

244 사랑의 기술

245 당신이 아침식사로 먹은 것

246 토토야, 여기가 캔자스가 아니라면, 도대체 우린 지금 어디에 있는 거지? 역주 : 토토는 『오즈의 마법사』 주인공 도로시의 강아지 이름

---

247 3미터 길이의 막대기로 당신이 건드리고 싶지 않은 것은
무엇인가? 왜 그런가?

248 여러 겹의 옷으로 자신을 숨기고 있는
이상한 여자 아이

249 나의 할머니나 할아버지에게 물어보고 싶었던 것 다섯 가지

250 당신은 큰 여객기를 운항하는 기장이다.
그런데 곧 비행기가 충돌할 것을 알게 되었다.
승무원들과 승객들에게 무슨 말을 하겠는가?

251 오늘은 사형선고를 받고 맞이하는 첫날이다.
이 조그만 감옥에서 사형이 집행될 날을 기다리며
10년을 어떻게 보낼지 계획을 세워보라.

252 아끼는 것 중 최근 제자리에 두지 않아 찾아 헤맨 물건은
무엇인가? 그에 관해 어떤 일이 있었는지 가능한 한 많은
문장으로 써보라. 단, '나'를 주어로 두고 문장을 써야 한다.
("나는 핸드폰을 잃어버렸다. 나는 소파 밑을 찾아보았다.
나는 친구에게 전화도 했다.")

253 이번에는 위의 글을 '나'가 아니라 사물, 행동, 상황 등을
주어로 해서 써라. ("핸드폰이 없어졌다. 소파 밑에는 먼지
덩어리만 있을 뿐이었다. 친구와의 통화도 소용이 없었다.")

261   당신은 이혼 소송을 담당하는 변호사다.
다른 문제는 다 해결되었지만, 개의 소유권이 유일하게
논란이 되고 있다. 당신의 의뢰인이 그 개를 가져야 하는
이유를 설명하라.

262   당신은 1864년 애틀랜타에 살고 있다.
지금 애틀랜타가 불타고 있다. 무엇을 하겠는가?

263 연애 사이트에 자기소개를 두 가지 버전으로 써보자.
첫번째 글은 상대가 집에 데려가 어머니에게 인사시키고
싶은 사람처럼 써라.
다른 하나는 아주 섹시하고 에로틱한 버전으로 써라.

264 책이나 영화, 연극, 시 등에서 가장 좋아하는 대사나 구절은
무엇인가? 그 구절을 당신의 버전으로 써라.

265   '메리엄-웹스터' 사전 사이트에 들어가
'오늘의 단어 Word of the Day'를 찾아보라. 그 단어를 이용하여
이야기를 써라. (www.merriam-webster.com/word-of-the-day)

266   집에서 쫓겨난 당신은 거리에서 사는 것보다
이케아 가구점에서 사는 게 낫겠다고 결심한다.
밤에 청소부들이 떠날 때까지 당신은
화장실에 숨어 있어야 한다. 이런 생활을 써보라.

267 알프레드 히치콕 감독은 '미스터리'는 포커를 치는
남자들에게 무슨 일이 일어날지 전혀 모르는 것이고,
'서스펜스'는 포커 테이블 밑에 폭탄이 숨겨져 있는 것을
관객이 알고 있을 때 생긴다고 했다.
자, 이제 아주 평범한 사건을 다루는 글을 써보자.
모든 것을 송두리째 바꿔놓을 만한 무언가를 소개하면서
스토리를 시작하라. 독자만이 그게 무엇인지 알고 있다.

268 네 살짜리 아이가 어둠을 무서워한다.
그 아이의 두려움에 관해 써보라. 아이가 두려움을
극복하는 데 도움이 될 만한 당신의 말과 행동도
이야기에 넣어라.

269 성인이 된 당신은 어둠을 무서워한다.
친구들이 비웃지 않도록 이것이 왜 심각한 문제인지
잘 설명해보라.

274   당신이 사랑하는 사람의 얼굴을 묘사하라.

275   한 소년이 분위기를 띄우려고 하지만,
        아무도 그의 농담에 웃지 않는다.

276   당신이 가장 좋아하는 캠핑장에서
        뭔가 일이 잘못되어가고 있다.

277 한 인물의 인생에 대해
가능한 한 많은 것을 설명해줄 수 있는 단락 하나를 써보라.
문장의 형태, 리듬, 반복 등을 통해 어떻게 많은 정보를
전달할지 생각하라.

278 침묵의 소리는 무엇인가?
언제 마지막으로 그 소리를 들었나?
그 소리엔 무엇이 없는가?

279 당신의 인생에서 쓸 엄두가 나지 않는 사건을 생각해보라.
이제 그 사건을 써보라.

280 발음이나 의미, 혹은 모양이 예뻐서 좋아하는 단어들의
목록을 작성해보라. 그 단어 중 하나를 골라 글을 써라.

281 영화 〈백 투 더 퓨처〉를 당신만의 버전으로 써보라.
부모님은 어떻게 만났고, 여러 사건들이 두 분의 관계와
당신의 출생에 어떤 영향을 주었는지 설명하라.

286   카페에 가서 두 사람의 관계를 자세히 관찰해보라.
그리고 그 두 사람의 이야기를 써보라.

287   사람들이 북적이는 토요일 밤.
로맨틱한 레스토랑에서 한 남자가 무릎을 꿇고
프러포즈를 시작하려고 한다. 이 상황을
스포츠 캐스터처럼 라이브로 중계해보라.

291 고장 난 시계도 하루에 두 번은 맞을 때가 있다.
누군가에게 정말 터무니없는 조언을 해보라.
그가 당신의 조언을 받아들이도록 열심히 설득해야 한다.

292 주인공이 큰 사건을 일으키려는 음모를 꾸몄다는 잘못된
혐의를 받고 있다. 이 상황을 써보라.

293 당신은 어린이를 위한 캠프 지도사다. 8~10세 아이들이
잔뜩 겁먹을 무서운 이야기를 만들어보라.

294 '오르막'이라는 단어를 설명하라. 당신이 생각할 수 있는
가장 혁신적이면서도 도전적인 은유나 직유를 사용하라.
신체를 이용해서 설명해도 된다.

295 잠에서 깨기 직전 잠들어 있는 당신의 마음은
무슨 생각을 할까? 알람이 울려 잠이 깨는 것을 느끼면서
당신의 마음은 무엇을 희망하고 무엇을 두려워할까?
그리고 스스로에게 어떤 약속을 할까?

---

300 끔찍한 하루를 보낸 당신. 세상에 대해 잔뜩 화가 나 있다. 당신은 감수성이 예민하고 희망에 가득 찬 어린 작가들에게 악의를 품고 세상에서 가장 나쁜 조언을 하기로 마음먹었다.

301 당신은 알 수 없는 두려움을 느끼며 잠에서 깨어난다. 그런데 그 두려움의 실체를 전혀 알 수 없다. 당신이 두려움을 느낄 만한, 그날 하루 동안 일어날 수 있는 일들을 모두 써보라.

302 당신이 가장 당혹스러웠던 순간

303 생트로페에서의 주말

역주 : 생트로페St.Tropez는 프랑스 남부의 아름다운 휴양지

304 코치의 입장에서 선수의 부모에게
아이가 왜 팀을 나가야 하는지 설명하는 편지를 써라.

305 고장 난 전자제품 문제로 고객 상담센터에 전화했을 때
담당자에게 진짜로 하고 싶었던 말은 무엇인가?

306 완전 범죄,
그리고 완전 범죄를 그르치게 만드는 것

307 당신 옆에 앉아 있는 사람의 하루

312 한 여인이 안경을 쓰지 않고 호수에서 수영을 하다가
물속에서 자신을 향해 다가오는 어떤 물체를 보게 된다.
그녀는 자신이 보고 있는 게 무엇이라고 생각할까?

313 당신의 할머니가 당신이 읽고 싶지 않은 책 한 권을 주었다.
그 책은 무엇인가?
그 책을 읽은 척하며 할머니에게 감사 편지를 써보라.

314   당신 손의 관점에서 사랑 장면을 써라.

315   한 여인이 차 트렁크에 큰 짐을 실으려고 안간힘을
          쓰고 있다. 그녀의 아들은 차에서 나와 도와줄 생각을
          하지 않는다. 이 장면을 써보라.

316   당신의 유언장을 써보라.
          누가 어떤 물건을 받게 될 것인지, 그리고 시간이 지나면서
          당신의 마음이 어떻게 바뀌었는지도 설명하라.

317 싫어하는 사람을 한 명 떠올려보라.
이제 그 사람의 좋은 점을 모두 묘사하라.

318 당신의 생명을 누가 어떻게 구했나?

319 고조할머니의 일기장을 발견했다.
1856년 6월 16일, 할머니는 다음과 같은 일기를 썼다.

324 삶에서 가장 중요한 순간을 발표하는 기자회견문을 써보라.
그 일에 대중이 관심을 가지고, 기자들은 기사를 쓰겠다고
결심할 만큼 설득력 있게 써야 한다.

325 잠시 후 당신은 토크쇼에 출연한다. 무대 뒤에서 PD가
재미있는 이야깃거리를 당신에게 묻는다.
사회자가 그 이야기를 중점적으로 다루게 하기 위해서다.
TV에 나와서 말하는 것처럼 그 이야기를 써보라.

326 일상생활에서 나는 소리들에 대해
마치 음악 평론을 하듯 리뷰를 써라.
그 소리들은 당신의 인생이라는 영화의
사운드트랙처럼 들릴 수도 있다.

327 가장 중요하게 생각하는 정치적인 관점을 생각해보라.
그리고 그와 반대의 성향을 가진 사람을 자신의 편이
되도록 설득하라.

328   당신의 고양이는 세상을 어떻게 바라볼까?

329   모든 사람이 박장대소하고 있었다.
당신을 제외하고는…

330   토마토에 관한 시를 써라.

---

331 누군가가 당신을 큰 곤경에 빠트렸던 경험을 써보라.
독자들이 그 일과 관련해서 당신은 100퍼센트 희생자라고
생각하도록 설득력 있게 써야 한다.

332 위의 경험을 당신이 100퍼센트 비난받아 마땅하다고
생각할 정도로 설득력 있게 써보라. 둘 중 어떤 버전이
독자들에게 더 설득력이 있을까?

333 가장 좋아하는 노래 제목을 바탕으로 이야기를 만들어라.

334   당신이 들어본 가장 큰 지진을 묘사하라.

335   오늘 하루 우연히 만난 두 사람을 연결지어보라.

336   한 시간 남았다

337   어느 기자의 죽음

338 어떤 특정한 것에 공포증이 있는 사람의 시점에서
그것을 경험하는 느낌을 표현하라.
예를 들어 비행기 타는 것을 무서워하는 사람이
비행기를 타야 한다든가, 광장공포증인 사람이
아주 넓은 들판에서 길을 잃게 되거나,
땅콩버터가 입천장에 닿는 것을 두려워하는 사람이
샌드위치를 먹어야 하는 상황 등을 생각해보라.

339 당신이 책상에 앉아 뭔가를 쓸 때 경험하는 내적 독백을
표현하라.

340 샌프란시스코 자이언츠 야구팀 선수들은 자신이 타석에
들어설 때 어떤 특정한 노래를 틀어달라고 요청할 수 있다.
당신이 타석에 들어갈 때 나오는 노래 가사를 써보라.

341 고전동화 하나를 선택한 후,
당신의 고향을 배경으로 한 현대물로 각색하라.

342 침실에 가보니 누군가 당신의 서랍을 뒤진 흔적이 있다.

343 지금 대화하는 사람이 거짓말하고 있는 게 빤히 보인다.
그에게 따질 것인가, 아니면 그냥 놔둘 것인가?

344 세상에는 술 취한 사람과
취하지 않고 끝까지 살아남은 사람, 두 부류가 있다.
당신은 어느 부류의 사람인가?

349 당신은 열세 살이다. 남자친구에게 러브레터를 써보라.

350 당신은 스물한 살이다. 여자친구에게 러브레터를 써보라.

351 당신은 군인 가족의 집을 방문해서
군인이 전사했다거나, 전쟁포로가 되었다거나,
다쳤다거나, 행방불명되었다는 등의 비보를 전하는
군장교다. 이런 소식을 전하는 상황을 묘사해보라.

352 첫사랑과 결혼했다면 지금 나는 어디에 있을까?

353 자기 자신에게 혹은 다른 사람에게 거짓말하는 사람
한 명을 머릿속에 그려보라.
만일 그 사람이 거짓말을 멈춘다면 무슨 일이 일어날까?

354 당신이 만들어낸 인물이(혹은 당신이) 어두운 곳에 있다고
생각해보라. 이제 무슨 일이 일어날까?

355 119구조대 두 명이 구급차로 환자를 호송하고 있다.
환자가 버틸 수 있는 시간은 30분.
하지만 병원에 도착하기까지 20분은 걸릴 것 같다.
지금 구급차 안에서는 어떤 일이 벌어지고 있는가?

356 술에 취한 고등학생들이 성대한 광란의 파티 중이다.
파티에 참여한 고등학생, 그곳에 출동한 경찰, 그리고
학생의 학부모 입장에서 파티 현장을 각각 묘사해보라.

357 누군가 이 일기를 읽는다면,
당신은 창피해서 죽어버리려고 할 것이다.

358 당신에게 타임머신이 있다.
그런데 이 타임머신은 딱 이틀 전으로만 이동할 수 있다.
이틀 전으로 돌아간다면 무엇을 바꿔놓을 것인가?

359 덕망이 높았으나 섹스 스캔들로 물의를 빚은 성직자를 위해
설교문을 작성하라.

360 인류학자 레비스트로스가 한 다음의 말을 인용해서
글을 써보라. "나는 무언가가 일어났던 바로 그 장소다."

361 당신은 스팸메일을 보내는 나이지리아 사람이다.
이메일 수신자가 당신에게 200달러를 보내도록 아주
설득력 있게 스팸메일을 작성해보라.

362 한 사람이 공원의 즉석 발언대에 서서 행인들에게
소리를 지르고 있다. 무슨 일일까?

367   바람을 피우다가 질투심 많은 당신의 배우자에게
현장에서 딱 걸렸다.
이 난관을 벗어나기 위해 뭐라고 말하겠는가?

368   마트 가기, 주유하기 등
평소에 일상적으로 하는 일 하나를 없애보라.
만일 어떤 인물이 그 일을 하지 않는다면 어떻게 될까?
그리고 그는 왜 그렇게 하는 것일까?

369 " 1492년 콜럼버스가 아메리카에 도착했을 때
자신의 구두가 바다에 떠내려가는 것을 보고
'아, 내 구두!(1492=아내구두)'라고 외쳤다네."
이처럼 학생들이 꼭 배워야 하는 역사적 사건이나 사실을
짧은 운율이나 리듬, 혹은 재미있는 방법으로 써보라.

370 《타임》지가 당신을 '올해의 인물'로 선정했다. 왜일까?

371   당신의 정당이 당신을 시장 후보자로 공천했다.
       수락 연설문을 써보라.

372   당신의 인생에서 포기해야 하지만 그럴 수 없는 일
       한 가지가 있는가? 있다면 왜 포기할 수 없는지
       그 이유를 정당하게 설명해보라.

373   스무고개를 할 때 정답을 맞히기 위해 어떤 질문을
       주로 하는가? 열 가지만 적어보라.

378 당신은 카지노에서 속임수를 쓰다가 체포되었다.
카지노 책임자에게 이것은 모두 오해에서 비롯된 거라고
설명해보라.

379 정신과 의사에게 당신의 인생, 하루 일과, 희망, 두려움 등
자신의 모든 것을 이야기할 때 의사는 무슨 생각을 할까?

380 어지러워 쓰러질 때까지 계속 뱅글뱅글 돌아보라.
그리고 나서 머릿속에 가장 먼저 떠오르는 생각을 써라.

381 자신이 가장 좋아하는 영화의 주인공 성별을 바꿔보라.
그리고 바뀐 성별에 맞게 영화의 줄거리를 재구성하라.

382 당신이 전혀 모르는 것에 대해서 써보라.
모든 것을 다 아는 것처럼 지어내보라.

383 식사를 할 때 종교, 정치, 돈에 대해 이야기하지 않는 게
올바른 식사 예절이다. 종교, 정치, 돈에 관한 대화가 오가는
저녁식사 장면을 써보라.

384 머릿속에 오래 남을 만한
배관 수리업체의 로고송 가사를 지어보라.

385 당신의 수학 선생님에 대한 기억을 모두 써라.

386 공원 벤치에 앉아 있는 노인들의 삶을
절대 폄하하지 마라.

387 지금 당신은 500년 동안 뒷마당에 묻어둘 타임캡슐을 채우고 있다. 현재 당신의 생활을 설명하는 편지를 써서 타임캡슐에 넣어라.

388 경매물품 목록만으로 한 사람의 일생을 써라.

389 결혼 서약서를 작성해보라. 신부는 35세이고 초혼, 신랑은 48세이고 세번째 결혼이다.

394 사랑하는 가족을 떠나보낸 유족들과 장의사가 만나는
장면을 묘사하라. 단, 장의사는 유족의 슬픔에만
신경 쓰는 것이 아니라, 장례식 준비와 그에 쓰이는 상품도
판매해야 한다는 사실을 잊지 말 것.

395 오로지 두 손만 묘사하는 이야기를 써보라.
누구의 손인지 알 수 있도록 손의 신체적인 특징부터
그와 관련된 행위, 동작, 손짓, 꼼지락거림까지
여러 가지 요소를 사용하라.

396 독재자 한 명을 선택하라. 음식 소화시키기, 잠자기,
칫솔질처럼 지극히 평범한 일들을 중심으로
그 독재자의 아침 혹은 하루 일과를 상상해서 써보라.

397 내가 사랑했지만, 날 사랑해주지 않는 사람

398 지금까지 보았던 최악의 영화 줄거리를 고쳐보라.

399 음악가나 밴드 이름, 장르를 언급하지 않는 음악 평론을
써보라. 앞의 세 가지 외에 다른 것들은 써도 괜찮다.

400 오르가슴을 원했지만 그럴 수 없었던 때를 묘사하라.

401 처음 만나는 사람에게 다가가 자신을 소개하라.
그리고 누구에게도 말하지 않은 비밀을 말해달라고 하라.
이제 당신이 들은 것을 써보라.

406   당신 혹은 당신이 만들어낸 인물이
무기력하고 불편하게 느껴지는 장소에 있다.

407   최근 한 유명인이 불명예스러운 일을 저질렀다.
그가 직접 공식적으로 사과해야 하지만, 대변인이 대신
사과문을 썼다.
이제 그 유명인이 직접 쓰는 진심 어린 사과문을 작성하라.

408 여러 사람이 모두 똑같이 하는 행동을 관찰해보라.
예를 들어 지하철에 타면 모두 다 앉을 자리를 찾는
행동 같은 것. 그런 행동을 찾았다면 사람들 각각의 모습을
한두 문장으로 묘사해보라.
이때 문장마다 서로 다른 동사를 써야 한다.

409 갑자기 당신은 다른 사람들의 생각을 들을 수 있게 되었다.
하지만 그들이 당신을 어떻게 생각하는지 알게 되자
크게 충격을 받게 된다. 그 사람들의 생각을 써보라.

410 랩 가사를 써보라.
가사에는 경찰과 마약 단속, 개가 등장해야 한다.

411 한 아이가 어른과 함께 숙제를 하고 있다. 이들은 누구인가?
두 사람이 숙제를 얼마나 긴밀하게 하는지를 통해
두 사람의 관계를 밝혀보라.

412   미국의 록스타 엘비스 코스텔로는 "음악에 대해서
글을 쓰는 것은 건물에 대해서 춤을 추는 것만큼이나
어리석은 것이다"라고 말했다. 이 말에 대해 토론해보라.

413   당신이 존경하는 사람을 인터뷰하라.
그리고 그 사람의 짧은 프로필을 작성하라.

414   가장 최근 어떤 중요한 일을 두고서 마음을 바꿨던 때는
언제였는가?

419 신문의 부고訃告란을 펼쳐보라.
한 명을 선택한 후 그 사람에 대해 써라.
그의 인생에서 어떤 장면을 상상해보라.

420 문학 작품에 등장하는 강렬하지만, 문제가 많은 인물이
당신의 조부모 혹은 증조부모라고 생각해보라.
그의 삶에서 지금 여러분의 가족이 가진 지나친 의존성,
중독, 회피 등의 성향이 어떻게 나타나는지 생각해보라.
그리고 그것에 대해 써라.

421 당신은 빌 게이츠다. 세상의 문제들을 하나씩 해결하려고 한다. 당신이 해결하려는 첫번째 문제는 무엇인가? 그리고 그 이유는 무엇인가?

422 당신이 죽기 전에 해야 할 일들을 써보라.

423 당신은 다른 도시에 있는 백화점에 갔다. 거기서 당신을 가르쳤던 선생님이 울고 있는 것을 목격했다. 이 장면을 써라.

424 우리 할아버지의 여자친구

425 육체적 고통을 받았던 순간을 묘사하라.

426 옷 중에서 언젠가 당신의 아들이나 딸이 입고 싶어할 것 같은 옷 하나를 묘사하라.
어떤 옷인가? 20년 뒤 그 아이는 왜 그 옷을 원할까?

427 하버드 클럽에 머물다

역주 : 하버드 클럽은 하버드 대학교 출신 엘리트들이 주 멤버인 미국의 사교 클럽

428 윤리적인 딜레마

429 당신이 매일 보는 한 사람을 묘사하라.

430 당신이 한 번도 만난 적 없는 사람을 묘사하라.

431 미국 작가 에단 캐닌은 양말 한 켤레가
중요하게 나오는 이야기를 다루고 싶어서
「회계사The Accountant」라는 단편을 썼다고 했다.
아주 평범한 물건 하나를 떠올려보라.
그리고 누군가 그 물건에 매우 집착한다고 생각해보라.
이제 그 집착에 대한 이야기를 써라.

432 숲을 배경으로 하는 동화 한 편을 써라.

433   당신은 라디오 DJ다.
시내에 큰 폭탄이 터졌다는 속보를 전달받았다.
사람들은 그곳에서 빨리 대피해야 한다.
생방송 중 추가 소식이 계속 들어오는 가운데
당신은 어떤 말이나 행동을 할 것인가?

434   왜 당신이 하는 일은 항상 옳고 남이 하는 일은
잘못된 것일까?

435 미국 아이다호의 스탠리라는 마을에는 '카지노 클럽'이란
유일한 술집이 있다. 그곳의 화요일 밤 일상을 써보라.
참고로 스탠리는 인구가 500명이 채 안 되고,
기온이 영하 44도 정도인 추운 곳으로 유명하다.

436 당신은 고양이 한 마리만 키우며
긴 세월을 홀로 지낸 인생의 낙오자다. 어느 날 갑자기
당신의 고양이가 더는 참을 수 없다는 듯 말하기 시작한다.
고양이는 뭐라고 했을까?

437 지금 있는 곳에서 가장 가까운 창밖으로 보이는 것
다섯 가지

438 가장 좋아하는 운동선수에 대해 묘사하라.

439 당신은 왜 그 신발을 좋아하는가?

440   그녀는 뚱뚱하지만 무엇이든 앙증맞게 먹는다.
그녀의 핸드백에는 13,612달러짜리 수표가 한 장 있는데
자기 돈처럼 보이지는 않는다. 당신 생각이
맞을 수도 있다. 그녀는 어떤 특별한 기술을 가지고 있다.
자, 이제 그녀의 머리 스타일에서부터
이야기 하나를 만들어보라.

441   어떤 통역사가 방금 자신이 들은 걸
그대로 통역하고 싶은 마음이 없다.

446 지금은 설명하지 못하겠어. 하지만 혹시라도
말할 수 있다면 너에게 이건 말해줄게…

447 당신이 가장 어렸을 때의 추억을 다시 창조해보라.

448 석양이 질 무렵, 한 쌍의 연인이 가장 좋아하는 호수에서
작은 낚싯배를 타고 있다. 두 사람은 결혼을 두고 아주
크게 싸우고 있다. 설상가상 낚싯배의 모터도 고장나고
육지는 한참이나 멀리 떨어져 있다. 이 장면을 써라.

449 치과의사들이 충치를 어떻게 치료하는지 설명하라.
이때 설명해줄 대상은 썩은 이가 많은 여섯 살짜리 아이다.

450 사람들이 여전히 우리 사회와 문화에 관심이 있을까?
그 이유는 무엇인가?

451 당신이 가장 좋아하는 레시피

452   한 사람이 수년 전 집에 숨겨진 물건을 발견했다.

453   우연히 아버지가 아들의 여자친구를 처음 만났다.
두 사람이 만난 자리에 아들은 없다. 그리고 여자친구는
아버지와 나이가 비슷하다. 이 장면을 써라.

454   최근 내가 배신당했을 때

455   노래 한 곡을 써보라.

456   당신이 쓴 글 중 하나를 골라
한 음절의 단어만으로 다시 써보라.

457   당신 할머니의 유년을 묘사해보라.

458   최악의 작업 멘트

459   섹스를 열 가지로 완곡하게 표현해보라.

460 당신은 자살방지 전화 상담자로 오늘 첫 근무를 한다.
첫 전화를 받는 동안 기분이 어떤지 그 느낌을 묘사하라.

461 미신을 믿는가? 그 미신은 무엇인가? 왜 그 미신을 믿는가?
그리고 그 미신을 어떻게 따르고 있는가?

462 당신이 업무상 미팅에서 왜 5천 달러를 썼는지, 그리고
그 돈을 왜 돌려받아야 하는지를 상사에게 설명하라.

463 제임스 조이스는 "실수는 깨달음의 문"이라고 했다.
당신은 어떤 실수를 통해서 깨달음을 얻었는가?

464 어린아이에게 예컨대 말타기나 펀치 날리기와 같은 일
한 가지를 어떻게 하는지 설명해주는 편지를 써라.

465 정말 치우는 것을 못하는 지저분한 사람과
결벽증에 가깝게 깔끔한 사람이 룸메이트가 되었다.

466   '빨강'이라는 단어를 사용하지 않고 빨간 물체를
설명할 수 있는 방법을 모두 생각해보라.

467   텔레마케터들이 개똥을 치우는 플라스틱 삽을 파는 데
사용할 원고를 써라.

468   텔레마케터들이 굶주린 아프리카 아이들을 위한
기금 마련 홍보에 사용할 원고를 써라.

473 오랫동안 알고 지냈던 두 인물이
서로 비밀 하나씩을 말하고 있다. 이 장면을 써라.

474 언니(누나)와의 자동차 여행

475 당신이 들으면 안 되는 당신에 관한 대화

483 "자기야, 가자!" 그가 불을 켜며 말했다. 그는 두 개의
더플백을 들고 있었다. 하나는 아주 가벼웠고,
다른 하나는 아주 무거웠다. 그 차는 그녀의 것이었는데,
그녀는 항상 열쇠를 가지고 잠을 잤다.

484 마약 중독자의 관점에서 편지를 써보라.

485 당신이 아직 쓰지 않은 소설의 독자에게 편지를 써라.

486　당신이 원하는 사람과 떠나는 24시간 캠핑 여행

487　항상 A학점만 받는 고등학생이
　　　학교에서 무언가를 훔치다가 교사에게 발각된다.

488　자동차 도난, 개싸움, 강도 등 누군가 당신에게 말해준
　　　가장 오싹한 경험을 하나 떠올리고, 만일 당신이 그 상황에
　　　놓여 있다면 어떨지 상상해보라. 이제 실제 상황으로
　　　생각하고 그에 대해서 써보라.

489 일요일 저녁식사 때의 논쟁

490 미스코리아 선발대회에 출전한 당신이
인터뷰 심사를 받기 위해 무대 위에 서 있다.
세계 평화 수호 말고 심사위원들에게 어떤 말을 하겠는가?

491 당신이 가지고 있는 것 중 20년 뒤에 어떤 것이 사라질까?
그리고 무엇이 그것을 대체할까?

492 당신이 안 해서 후회하는 대화

493 당신은 이상한 질병에 걸려 감각 중 하나를 잃게 된다.
어떤 감각을 잃었나? 이제 당신에게 어떤 일이 벌어질까?
그리고 당신은 이 일을 어떻게 해결해나갈까?

494 월급을 많이 주는 직장과 재미를 주는 직장 사이에서
결정을 내려야 할 때가 있다. 그는 재미있는 직장을
선택하는 아주 큰 실수를 저질렀다.

499 당신의 MP3 플레이어를 임의 재생 모드로 켜두라.
맨 처음 나오는 노래의 가사를 적고
그것을 이야기의 첫 문장으로 사용하라.

500 현대인을 위해 게티스버그 연설을 다시 써보라.

501 당신이 등장하지 않는 당신의 가족 이야기를 골라라.
어머니, 오빠(형), 증조이모 등 내레이션 담당을 정하고
그 사람의 목소리로 가족 이야기를 써보라.

502   당신의 부모님 중 한 분이 정말 짜증나는 습관을
가지고 있다. 그 습관은 무엇인가?
당신 외에도 그걸 아는 사람이 있는가?

503   바다에서 처음 수영을 했을 때 들은 소리를 묘사하라.

504   당신이 형에 대해 그 말을 했다는 걸 형이 알게 된다면,
산 채로 당신의 가죽을 벗기려고 할 것이다.
도대체 무슨 말을 했는가?

509   당신은 고등학교 최우수 졸업생이다.
졸업식에서 읽을 연설문을 써라.

510   인터넷이나 책에서 법원 기록이나 수사 기록을 찾아보라.
거기에 나오는 실제 사건 중 몇 가지를 골라,
완전한 이야기의 형태로 그 사건을 재구성하라.

511   과거의 기억 중 인상적이고 중요한 경험을 하나 떠올려라.
동생이 태어난 것, 팔이 부러진 것, 가족과의 자동차 여행,
이혼 등과 같은 것. 이제 그 경험의 배경을 바꿔보라.
그리고 당신이 아닌 다른 사람이 그 경험을 한 것처럼
1인칭 주인공 시점으로 이야기를 써라.

512   1년 동안 말을 못한다고 상상해보라. 어떻게 대화를 할까?
말을 못하는 것이 인간관계에 어떤 영향을 줄까?
1년 후 다시 말을 할 때까지 어떤 말을 아끼고 있겠는가?

513   그는 처음으로 주먹다짐을 했다.
그 주먹다짐은 _____에서 일어났다.

514   당신이 싫어하는 것에 대해 속이 후련해질 만큼 크게
소리쳐보라. 이제 그 감정을 다른 사람도 확실히 공감할 수
있도록 소리 지른 내용을 재구성하라.

515   다음 문장으로 이야기를 시작하라. "모두가 _____에 대해
수근거렸지만, 아무도 그녀에게 말해줄 용기가 없었다."

_____
_____
_____
_____
_____
_____
_____
_____
_____
_____
_____
_____
_____
_____
_____
_____
_____
_____
_____
_____

519 당신은 1890년대 러시아 평민이다. 먹을 음식은 없고, 혁명은 코앞으로 다가왔다. 독재자들은 당신이 충성을 맹세하면 먹을 것을 주겠다고 한다. 어떻게 하겠는가?

520 아주 오래전 가족 행사에서 일어난 일에 대해 당신의 생각을 적어보라. 그러고 나서 가족 중 한 명에게 그 일에 대해 여러 가지 질문을 해보라. 이제 당신이 기억하는 것과 가족이 기억하는 게 어떻게 다른지 써보라.

521 나쁜 행동의 합리화

522 왜 신용카드 요금 납부를 잊었나

523 상상할 수 있는 가장 지루한 일을 구체적으로 묘사하라.

524 가장 최근 병원에 갔던 경험을 묘사하라.

525 "똑, 똑!" "누구십니까?" "손님입니다." "들어오세요."
이 유머를 이야기에 사용해보라.

526 당신 개의 인생을 네 개 이하의 단락으로 요약하라.

527 시냇가, 교회의 뜰, 아무도 없는 들판 등
아주 조용한 곳에서 모든 감각을 열고 15분간 앉아 있어라.
이제 당신이 느낀 것을 적어보라.

528 내가 바지에 오줌을 싼 순간

529 재혼

530 과일, 물병, 낡은 지갑 등 우리가 흔히 보는 물건들을
구체적으로 묘사하라.

531 당신이 여덟 살이라고 상상해보라.
자신에게 무슨 얘길 해주겠는가?

532 당신이 여든 살이라고 상상해보라.
자신에게 무슨 얘길 해주겠는가?

533 당신이 기억하는 가장 끔찍한 악몽은 무엇인가?

534 화장실 벽에 쓸 낙서를 써라.

535   공적인 것과 사적인 것이란 무엇인가?
무엇이 공적인 것이어야 하고, 무엇이 사적인 것이어야
하는가? 요즘 이 말들은 어떤 의미로 쓰이는가?

536   성별, 연령, 결혼 여부, 소득 수준, 종교 등 당신이 속한
집단에 대해 설명해보라. 당신의 집단에 관한 고정관념 중
당신이 인정하는 것은 무엇인가?
반대로 그 고정관념 중 동의하지 못하는 것은 무엇인가?

537   맥주를 마시고 그 맛에 대해서 써보라.

538   그녀는 그렇게 미쳐 있었다.

539   다음 문장을 완성하고 그 문장에 이어 계속 써보라.
        "나의 첫번째 _____."

540 버스에서, 점심시간에 줄을 서서 혹은 길거리에서
사람들의 대화를 엿들어라. 무슨 얘기를 하고 있는가?
그들의 말이 당신에게 실제로는 어떻게 들리는가?

541 당신이 잘 안다고 생각하는 사람 한 명을 인터뷰하라.
이전에는 묻지 않았던 질문을 해보라.

542 지금으로부터 5년 뒤 당신이 걱정하게 될 것들에 대해
써보라. 10년 뒤, 30년 뒤에 걱정할 것들도 각각 써보라.

543 가장 최근에 들은 농담을 짧은 단편소설처럼 써보라.

544 당신이 겪었던 사건 하나를 슬로우 모션처럼 상상해보라.
이때 당신의 생각도 함께 넣어라.

545 커피 값을 계산할 때나 텔레마케터와 통화할 때 등
짧은 대화 하나를 가능한 한 길게 늘려보라.

546   '19금' 디즈니 영화 시나리오를 써보라.

547   고전 작품 하나를 놓고 신랄한 비평을 써보라.

548   당신이 지금까지 했던 최악의 일은 무엇인가?

549   당신이 지금까지 겪은 최악의 일은 무엇인가?

550   관심 있는 사람 한 명을 선택하라.
그리고 그 사람의 집까지 따라가는 것에 대해 써보라.

551   고등학교 치어리더 팀의 새로운 구호 열 가지를 써라.

552   다음 문장으로 시작해보라.
"바로 그때 그는 _____을 믿지 않기로 했다."

561   다음 문장으로 시작하는 이야기를 써라.
        "그날 엄마는 집에 있던 접시를 모두 깨뜨렸다."

562   그녀는 샌드위치 하나를 결정하는 데 5백만 년이나 걸린다.
        하지만 _____가 그녀에게 청혼을 하자 그녀는
        흔쾌히 승낙하려 했다. 하지만 친구들과 가족은 그녀가
        잘못된 결정을 했다고 한다. 상황은 이렇게 진행되었다…

563 당신은 〈스타워즈〉의 루크 스카이워커다.
당신의 자서전을 시작할 첫 문단을 세 가지 스타일로
각각 써보라.

564 당신은 저승사자다.
당신의 자서전을 시작할 첫 문단을 세 가지 스타일로
각각 써보라.

565   오직 열 명만이 구명보트에 탈 수 있다.
선장에게 왜 당신이 그중 한 명이어야 하는지 설명하라.

566   최근 당신과 친구가 나눈 대화를 기억해서 써보라.

567   20분 동안 한곳에 가만히 앉아
오로지 당신에게 들리는 소리에만 집중하며
간단히 메모를 작성하라.

568   지구에서 보내는 당신의 마지막 해

569   당신은 5년 동안 어떤 섬에 고립되어 있다.
          평범한 하루를 설명하라.

570   친척 중 나이가 가장 많은 분을 인터뷰해보라.

571 아주 더운 곳에서 일어난 이야기

572 아주 추운 곳에서 일어난 이야기

573 당신이 내린 결정 중 가장 어려웠던 건 무엇인가?

574 유별나게 특이한 사람의 행동을 묘사해보라.

575 핸드폰, MP3 등 손에 들고 사용하는 전자제품은
사회적인 행동과 공공장소에서 사람들의 관계 형성에
어떤 영향을 주고 있을까?
그 전자제품들은 길거리의 일상적인 풍경과 우리가 낯선
사람을 만나고 관계를 맺는 능력에 어떤 영향을 주었을까?

576 "난 누구에게도 말하지 않았다…"로 시작해보라.

577 피부에 알레르기가 있는 인물이 되어
알레르기 반응을 보일 때 느끼는 피부의 촉감을
가능한 한 자세히 묘사해보라.

578 당신이 가지고 있는 것 중 가장 비싼 것은 무엇인가?
그것을 살 때 기분이 어땠나?

579 집을 떠난다는 것

580 당신의 얼굴이 저녁 뉴스에 나왔다.
왜 뉴스에 나왔는지 설명하는 짧은 뉴스 기사를 써라.

581 45세가 된 롤리타가 이제는 노인이 된 험버트에게
그가 자신의 어린 시절을 어떻게 망쳤는지 말하는
편지를 써보라.

582 당신이 써야 했던 가장 고통스러운 편지

587 한 아이가 절벽 아래로 돌을 던졌는데, 그 돌이 어떤 남자의 머리에 맞았다. 비명 소리를 듣고 아이가 아래로 내려가니 그 남자와 함께 등산을 하던 친구가 있었다. 그의 말로는 돌에 맞은 남자가 죽었다고 한다. 두 사람의 대화를 써보라.

588 당신은 십대 소녀다. 친구가 누가 봐도 위험한 지하 배수로 근처에서 남자를 만나라고 한다. 집에서 어떻게 빠져나오겠는가? 도착하면 무슨 일이 생길까?

589 병에 넣을 메시지를 써라.
그리고 그것을 발견하는 사람에 대해서도 써보라.

590 "그때는 그게 별로 중요한 것 같지 않았다…"로
이야기를 시작해보라.

591 재미없는 농담으로 이야기를 시작해보라.

592 공감각을 가진 사람의 관점에서 글을 써라.
공감각이란 하나의 감각을 자극했을 때 또다른 감각 센서가
작용하는 것을 의미한다. 예를 들어, 어떤 소리를 들으면
어떤 색깔이 눈앞에 펼쳐지는 것과 같다.

593 만화의 스토리보드를 짜보라.

594 떠나버린 사람에게 러브레터를 써보라.

595   당신의 머릿속에 아주 구체적으로 각인된 이미지를
묘사해보라. 그리고 왜 그 이미지를 기억하는지 설명하라.

596   담당하는 환자를 아주 싫어하는 간호사의 관점에서
글을 써보라.

597   당신은 슈퍼히어로다. 어떤 능력을 가졌고,
어떻게 그 능력을 사용하는가?

598 《뉴욕타임스》에서 보고 싶은 헤드라인 열 가지는 무엇인가?
그 이유는 무엇인가?

599 그날 밤 무슨 일이 있었나

600 사람들에게 _____의 인생은 이렇게 알려져 있다.

601 실제로 _____의 인생은 이러하다.

602 버스에서 깜빡 잠이 든 노숙자가 밤늦은 시각에
자신이 한 번도 경험해보지 못한 부자 동네에 우연히
도착하게 되었다. 그 노숙자의 시각으로 이야기를 써라.

603 위와 비슷한 이야기로, 이번에는 아주 돈이 많은
증권거래인이 그 지역에서 가장 가난한 동네에 우연히
도착하게 되었다. 그 증권거래인의 시각으로
이야기를 써보라.

604 집에 있는 약 상자를 열어보라.
모든 약과 연고, 기타 의약품들을 항목별로 적어라.
어떤 증상을 치료하는 약들인가? 그 약들을 종합해볼 때
현재 당신의 건강 상태는 어떠한가?

605 문장의 첫 글자를 모두 다르게 해서 이야기를 만들어라.
'가'부터 시작해서 '나', '다', '라'… '하' 순서로
문장을 시작하는 거다.

610 야구장에서 관중 중 세 명을 관찰한 후,
그 세 사람을 각각 다른 동물로 묘사해보라.

611 생판 모르는 사람과 나누었던
가장 재미있었거나 가장 예상치 못했던 대화

612 무미건조한 투로 아주 독특한 것에 대해 써보라.

613 조울증이 있는 사람이 두 번이나 서커스를 보러 갔다.
첫번째엔 미친 듯이 서커스를 즐겼고, 두번째엔 완전히
우울 모드였다. 이 두 번의 서커스 관람 장면을 묘사하라.

614 두 사람은 각자 정반대의 일이 사실이라고 믿은 채
그 자리를 떠났다. 이 장면을 써보라.

615 과학자들이 불멸의 비밀을 마침내 밝혀냈다고 발표했다.
죽음의 소중함을 사수하기 위해 탄원서를 작성해보라.

616   꼭 가보고 싶었던 새로 생긴 레스토랑에 가보라.
맛있게 식사를 하고 집으로 돌아가 마치 당신이 손님을
가장한 요리평론가인 것처럼 그 식당의 리뷰를 써보라.

617   찰리브라운 만화의 새로운 캐릭터 하나를 만들어라.
당신이 만든 캐릭터가 찰리브라운 만화에 등장하는
진짜 캐릭터들과 어울리는 장면을 써라.

618   상투적인 문구나 격언을 생각나는 대로 써라.
          쓴 것 중 당신이 실제로 사용하는 것에 별표를 해보라.

619   오늘 하루 충동적인 일을 하고 싶다거나, 남들이 무언가를
          하자고 할 때 무조건 "오케이!"를 외치고 그 일을 하라.
          나중에 몸이 허락한다면(가령 감금되지 않은 상태이거나
          속박되지 않은 상태라면) 당신이 경험한 것들과
          당신이 지금 어디 있는지에 대해 적어보라.

620   당신이 사는 동네에 대해
       구체적인 것들을 스무 가지 적어라.

621   이번에는 위에서 쓴 구체적인 사항을 모두 이용해서
       당신의 동네가 아닌 다른 곳을 배경으로 한 장면을 써라.

622   폭파범이 되어 협박 편지를 써보라.

623   고등학교를 졸업하는 학생들을 위한 최고의 조언

624   당신을 화나게 하는 것들의 목록을 자유롭게 적어라.

625   방금 쓴 것 중 하나를 골라 좀더 구체적으로 써라.

626   기억을 잃어버리다

627   A라는 곳에서 B라는 곳으로 가는 방법…
          당신은 그런 방법으로 가고 싶지 않을 수도 있다.
          그렇다면 왜 그렇게 가고 싶지 않은가?

628   당신은 할리우드 영화 제작자다. 지금 제임스 조이스에게
편지를 쓰고 있다. 그가 집필한『율리시스』를 좀더 쉽게
영화로 만들기 위해 몇 가지를 제안하는 거다.
예를 들어 액션 신을 첨가한다든가, 해피엔딩으로 이야기를
끝낸다든가, 컴퓨터 그래픽을 많이 쓸 수 있는 장면을
찾아낸다든가, 극중 인물의 이름을 영화계에서 먹히는
이름으로 바꾼다든가 아니면 사운드트랙에 유명한 팝송을
사용한다든가 하는 제안들 말이다.

629   레스토랑 메뉴판을 만들어보라. 메뉴판에는
음식의 이름, 그 맛과 재료에 대한 설명이 있어야 한다.
그리고 그 메뉴판을 배달용으로 다시 만들어라.
배달용 메뉴판은 일반 메뉴판보다 길이가 반이지만,
그걸 본 사람들이 침을 꼴깍 삼킬 정도로 만들어야 한다.

630   당신은 해적이다. 당신의 완벽한 하루를 묘사해보라.

631 당신의 가장 큰 비밀은 무엇인가?
만일 그 비밀이 알려진다면 어떤 일이 벌어질까?

632 눈앞에 당신의 인생사가 주마등처럼 지나가는 경험을
해본 적 있는가?

633 친척들이 항상 당신에 대해 말하는 당혹스러운 이야기를
여기에 공유해보라.

634   양파에게 바치는 시를 써보라.

635   진심으로 믿었는데 알고 보니 전혀 아니었던 건 무엇인가?

636   당신이 지금까지 해본 적이 없는 짧고 분명한 대답

637   주저하지 말고 겉모습으로만 판단하라.
            그것은 어떻게 생겼나?

638   오늘의 뉴스에서 사건 하나를 선택하라. 뉴스에 나온
사람이 아침을 먹다가 그 사건을 다루는 신문 기사를
상상해보고, 이 장면을 묘사하라.

639   나의 첫 키스

640   나의 첫 이별

641   당신의 결혼생활은 아주 행복하다. 하지만 어느 날
당신이 다른 사람을 사랑하고 있다는 걸 깨닫게 된다.
이제 어떻게 될까?

642   당신의 부고訃告를 작성해보라.

Just
write!